D0543519

Anastasia Filipendule
et le papillion de verre

Anastasia Filipendule
et le papillion de verre

Hazel J. Hutchins

Illustrations
Barry Trower

Traduction
Martine Gagnon

Annick
Toronto • New York

©1984 Hazel J. Hutchins (pour le texte)
©1984 Barry Trower (pour les illustrations)
©1994 Annick Press (version française)
Conception graphique pour la couverture : Sheryl Shapiro
Traduction : Martine Gagnon
Reviseur : Christiane Léaud-Lacroix

Annick Press Ltd.

Annick Press tient à remercier le Conseil des Arts du Canada et le
Conseil des Arts de l'Ontario pour leur aide.

Données de catalogage avant publication (Canada)
  Hutchins, H.J. (Hazel J.)
  [Anastasia Morningstar and the crystal butterfly. Français]
  Anastasia Filipendule et le papillon de verre

(Portraits jeunesse)
Traduction de : Anastasia Morningstar and the crystal butterfly.
ISBN 1-55037-348-X

I. Trower, Barry. II. Titre. III. Titre : Anastasia Morningstar
and the crystal butterfly. Français. IV. Collection.

PS8565.U826A6314 1994   jC813'.54   C94-932189-3
PZ23.H87An 1994

Distribution au Québec :
Diffusion Dimedia Inc.
539, boul. Lebeau
Ville St-Laurent, PQ H4N 1S2

Distribution au Canada :
Firefly Books Ltd.
250 Sparks Avenue
Willowdale, Ontario M2H 2S4

Distribution aux États-Unis :
Firefly Books (U.S.) Ltd.
P.O. Box 1338
Ellicott Station
Buffalo, New York 14205
Imprimé au Canada par Quebecor, Inc.

Mais quand, avec le temps, la transparence
De ses ailes se troublera,
Quelqu'un doté d'un esprit puissant surgira,
Et sa clarté lui redonnera.
En quête de vent, de ciel et de lumière,
Trois amis s'élèveront très haut,
Toujours plus haut,
Pour libérer le papillon de verre.

CHAPITRE UN

Par un matin ensoleillé du mois de mai, la dame de l'épicerie du coin transforma Éric Haché en grenouille.

Cela se passa très discrètement. En fait, si Ben et Sarah ne s'étaient pas trouvés dans le magasin en train de chercher du macaroni pour leur travail de recherche en sciences et qu'ils n'avaient pas été en train d'épier Éric afin de voir ce qu'il allait dérober—il volait toujours quelque chose—personne, sauf Éric et la dame, n'aurait su ce qui s'était passé.

Or, justement, ils se trouvaient là. Tapis derrière le rayon des croustilles, ils furent témoins de tout. Éric venait de glisser un pistolet à eau dans sa poche quand une main apparut derrière l'allée et le toucha à l'épaule gauche. Puis une voix prononça un seul mot : «Grenouille.»

C'est alors qu'Éric se volatilisa tandis que, sur le plancher, au milieu de l'allée, apparut une grenouille. Le batracien cligna des yeux une fois, coassa deux fois et, la porte du magasin étant ouverte, sortit en sautillant. Puis, un large sourire aux lèvres, la dame qui tenait l'épicerie retourna derrière le tiroir-caisse.

Ben regarda Sarah et Sarah regarda Ben. D'un commun accord, ils s'accroupirent vivement. Puis, se faufilant derrière les sacs de croustilles et autour d'une grosse pile de papier hygiénique, ils atteignirent la fenêtre qui donnait sur la rue.

Éric Haché, assis sur le bord du trottoir, devant l'épicerie, paraissait un tantinet plus sournois et plus méchant qu'à l'accoutumée, et encore plus de mauvaise humeur que d'habitude, mais au moins il n'avait plus l'aspect d'une grenouille. En fait, seule sa position assise avait quelque chose d'étrange : ses gros genoux osseux étaient appuyés contre ses oreilles.

Tandis que Ben et Sarah l'observaient, Éric détendit une jambe, puis l'autre. Enfin, bien planté sur ses deux pieds, il promena son regard autour de lui. Il aperçut Ben et Sarah qui l'observaient derrière la fenêtre du magasin. Il leur jeta un regard haineux, mais il ne retourna pas à l'épicerie. Il tourna plutôt les talons et s'éloigna sur le trottoir. Et bien que, de toute évidence, il essayait de marcher de façon parfaitement normale, sa démarche trahissait un boitillement des plus singuliers; un petit déhanchement, à peine perceptible, persistait toujours quand il se déroba finalement à leur vue.

– Bon, ça suffit, chuchota Ben, moi, je m'en vais.

Sarah et lui descendirent l'allée, passèrent la porte, et contournèrent le bâtiment.

– Attends, s'écria Sarah une fois dans la ruelle.

Ben s'arrêta et regarda sa copine. À pas feutrés, celle-ci rebroussa chemin et alla jeter un coup d'œil vers l'épicerie.

À travers la fenêtre du magasin, elle aperçut la femme qui s'affairait derrière son comptoir : elle remplissait la machine à barbotine. Sarah l'avait vue à maintes reprises, mais, cette fois, elle l'observa avec un intérêt particulier.

Il s'agissait d'une femme tout à fait normale en apparence : ni trop grande ni trop petite, elle avait des yeux foncés et de longs cheveux sombres qu'elle portait en tresses adroitement remontées autour de la tête. Si ses cheveux avaient été plus courts et ses yeux moins foncés, elle aurait beaucoup ressemblé à la tante de Sarah, Émilie, excepté que celle-ci ne changeait pas les gens en grenouilles. Enfin, pas que Sarah sache en tout cas!

Sarah connaissait le nom de cette femme. Elle l'avait entendu prononcer une fois et se l'était rappelé. Il s'agissait d'un nom plutôt extravagant pour quelqu'un qui avait l'air aussi ordinaire. Elle s'appelait Anastasia Filipendule.

* * *

Les maisons de Sarah Mathieu et de Benjamin Clark se faisaient face. Sarah vivait avec sa mère, tandis que Ben habitait avec sa mère, son père, trois frères, une sœur, grand-papa Butler, deux chiens, trois perruches, ainsi qu'un cousin qui allait et venait de temps à autre. Quand Sarah voulait égayer ses journées, elle allait chez Ben. Et quand Ben avait besoin d'un peu de paix et de tranquillité, il allait chez Sarah. Ils avaient chacun d'autres bons amis, mais, pour tout dire, Ben et Sarah se comprenaient. Voilà pourquoi Ben comprit, sans même qu'il eût à le demander, que Sarah réfléchissait très, très fort sur le chemin du retour. Sarah réfléchissait ainsi sur bien des choses. Même que c'était parfois un peu inquiétant!

– Pour moi, elle nous a hypnotisés, déclara enfin Ben en tournant le coin de la rue.

Sarah regarda son ami et fronça les sourcils.

– Ou alors elle a utilisé des miroirs, fit celui-ci.

Sarah fronça encore plus les sourcils.

– En tout cas, poursuivit Ben, je pense qu'on devrait éviter Éric Haché pendant au moins deux ans, au cas où il penserait qu'on a quelque chose à voir là-dedans.

– Quelque chose à voir dans quoi? demanda Sarah.

– Tu le sais bien, lança Ben. Ça!

– Ça, quoi? rétorqua Sarah.

Ben jeta un coup d'œil par-dessus son épaule pour s'assurer que personne ne pouvait les entendre.

– Éric, changé en grenouille, expliqua Ben.

Sarah regarda son ami et sourit : pas un large sourire, mais un suffisamment grand pour indiquer parfaitement ce qu'elle ressentait.

– À mon avis, il ne s'agissait ni d'hypnotisme ni de miroirs. Je crois plutôt qu'elle l'a véritablement changé en grenouille.

– Mais comment pourrait-elle faire ça?

– Je ne sais pas, mais elle l'a fait.

– Il faudrait qu'elle soit vraiment, mais vraiment bizarre, déclara Ben. Je veux dire, *vraiment* bizarre.

– Je sais, concéda Sarah. En fait, elle est parfaite.

– Parfaite pour quoi?

– Pour mon travail de recherche.

Ben plissa le front.

– On fait un paysage lunaire avec du macaroni, ainsi qu'un modèle réduit de station lunaire futuriste fonctionnant à l'énergie solaire, lui rappela-t-il.

– *Tu* fais un module lunaire, rectifia Sarah. D'abord, c'était ton idée. Tu as accepté que je participe à ton travail seulement parce que M. Viger te l'a demandé. Il ne me croit pas capable de trouver un sujet de recherche moi-même. Eh bien, il se trompe!

Ben ne contredit pas Sarah, car elle avait raison.

Ils étaient arrivés chez Ben. À travers la porte grilla-gée leur parvenait l'habituel tumulte des voix. Sarah s'assit sur les marches du perron. Ben se faufila dans la maison et en ressortit aussitôt avec une pomme dans chaque main. Il en lança une à Sarah.

– M. Viger ne va pas être content, remarqua Ben, pragmatique. Tu le connais! Dès qu'il s'agit de sciences, il est très strict : pas d'animal qui parle, pas de super-héros invraisemblable. J'ai le sentiment que ce dans quoi tu t'embarques est bien pire que tout ça!

– Je me charge de M. Viger, déclara Sarah. Mais toi, Ben, vas-tu m'aider au moins? Euh…il se pourrait que j'aie besoin d'aide.

Ben savait exactement ce que son amie voulait dire. Il promena son regard sur l'univers coutumier, agréable, stable qui l'entourait, où tout se passait, sinon de façon parfaite, du moins selon l'ordre normal des choses.

– Il faut tout de même que je fasse mon paysage lunaire, insista Ben.

– Je vais t'aider, dit Sarah. Je vais t'obéir à la lettre. Je ne vais pas discuter, je ne ferai aucune suggestion, et je ne vais rien changer dès que tu auras le dos tourné.

Ce marché plaisait tout à fait à Ben. Néanmoins, une chose le tracassait :

– Je ne voudrais pas non plus qu'on me prenne pour le fou de l'école.

– Ni moi, renchérit Sarah. C'est pourquoi on ne dira rien à personne, sauf à M. Viger. Il n'a pas une haute opinion de moi, tu sais. Il m'a prévenue qu'il me ferait couler en sciences si je ne déniche pas un bon sujet de recherche. Eh bien, cette année, mon projet sera plus que bon. Il sera plutôt du genre époustouflant, fit Sarah en se souriant à elle-même. Maintenant, consens-tu à m'aider?

Ben promena son regard autour de lui, une dernière fois. Tout, dans la rue, paraissait parfaitement, indéniablement normal, et, franchement, un brin ennuyeux.

– D'accord! Je vais t'aider. Quand est-ce qu'on commence?

André Viger enseignait les sciences aux quatrième, cinquième et sixième années dans un local au sous-sol de l'école primaire John-Diefenbaker. La partie avant de la classe ressemblait beaucoup à une classe ordinaire. Le fond de la salle, cependant, selon le moment de l'année, se transformait en système solaire en trois dimensions, en paysage préhistorique, dinosaures inclus, en station météorologique, en laboratoire de chimie ou en maquette d'atome. Mais c'était un zoo à longueur d'année. Trois aquariums, deux serpents et plusieurs caméléons occupaient les lieux de façon permanente. À l'occasion, lapins, cochons d'Inde, grenouilles, chrysalides, colonies de fourmis—en fait, tout ce qui pouvait loger dans un espace exigu—aboutissaient tôt ou tard au fond de la classe.

Il arrivait parfois que les animaux s'échappent. C'est ainsi que le lendemain, pendant le dîner, Ben et Sarah trouvèrent M. Viger en train de récupérer un serpent enroulé autour de l'orbite métallique qui transperçait la planète Mars. Le serpent était manifestement irrité et M. Viger n'était pas de bien meilleure humeur.

– S'il te plaît, dit l'enseignant en remettant le reptile dans la tiédeur rassurante du terrarium, s'il te plaît, Sarah Mathieu, ne me dis pas que tu es ici pour me faire part d'une nouvelle suggestion concernant ton travail de recherche.

– Mais c'en est une bonne, cette fois, déclara Sarah.

M. Viger la regarda, l'œil sévère, puis il se tourna vers Ben.

– Je croyais que vous alliez construire un paysage lunaire tous les deux.

– Je n'ai pas changé d'idée, déclara Ben. Il s'agit du projet de Sarah, pas du mien.

– Je vois! s'exclama M. Viger.

Il soupira et s'assit sur le pupitre à ses côtés. Les projets de Sarah exigeaient habituellement de longues explications. Cette fois, pourtant, une seule phrase suffit :

– Nécromancie : fiction ou réalité? lança Sarah.

– Nécromancie? répéta M. Viger.

– Nécromancie, reprit Sarah. C'est un grand mot qui signifie magie noire.

– Je connais la signification du mot, répliqua M. Viger. Je m'interroge seulement sur le lien que cela pourrait avoir avec les sciences, pour l'amour du ciel! À moins que tu ne nous fasses reculer de trois cents ans!

– Supposons, dit Sarah, supposons seulement qu'il y a une dame qui travaille dans une épicerie, quelque part, et qu'elle puisse changer les gens en grenouilles. Ne constituerait-elle pas un sujet d'intérêt primordial pour la communauté scientifique en tant que phénomène incomplètement étudié?

M. Viger se tourna vers Ben.

– Comprends-tu quelque chose à ce qu'elle dit?

– Je construis un paysage lunaire avec du macaroni, ainsi qu'un modèle réduit d'une station lunaire futuriste avec des allumettes en bois, dit Ben qui serra fermement les lèvres pour signifier clairement qu'il n'avait pas l'intention de fournir davantage d'explications.

M. Viger regarda Sarah et soupira. Sa matinée avait été particulièrement pénible. D'abord, il avait dû nettoyer le caca du perroquet. Puis il avait surpris Éric Haché, élève d'un niveau supérieur à celui de Ben et de Sarah, la main plongée dans l'aquarium en train de nourrir les grenouilles de mégots de cigarettes. Enfin, le serpent! Et maintenant, Sarah! Sarah! Chaque classe avait une Sarah—soit quelqu'un qui refuse de marcher dans les sentiers battus—mais celle-ci était pire que les autres. En sciences, il était important de suivre un tracé droit et logique. Plus M. Viger rappelait à Sarah qu'elle risquait d'échouer parce qu'elle n'arrivait pas à se plier à cette exigence, plus elle concoctait des machinations abracadabrantes.

Ce matin-là, André Viger comprit qu'il ne servait à rien d'essayer d'orienter Sarah sur un terrain moins glissant. Autant la laisser s'enliser jusqu'au cou.

– C'est parfait, Sarah, déclara-t-il. Mais souviens-toi, tout le monde doit me donner un aperçu de son travail dès la semaine prochaine.

– Je m'en souviendrai, promit Sarah. Merci, monsieur Viger.

Ben et Sarah quittèrent la classe. Les cours allaient bientôt commencer et les couloirs fourmillaient du continuel va-et-vient des élèves.

– Je n'arrive pas à croire qu'il ait accepté aussi facilement que ça, s'écria Sarah. J'avais préparé un tas d'arguments pour le convaincre.

– Il a accepté aussi facilement que ça comme tu dis pour la simple et bonne raison qu'il ne croit pas un mot de ce que tu dis, répliqua Ben.

– N'oublie pas qu'on a rendez-vous devant le magasin après l'école, jeta Sarah, insouciante.

– Je n'oublierai pas, fit Ben. Mais je préférerais que tu aies un plan plus précis.

– Oh! mais j'ai des tas de plans! C'est seulement que je ne sais pas encore lequel est le meilleur!

Anastasia Filipendule perdit son emploi à l'épicerie du coin cet après-midi-là. Elle avait déjà été congédiée auparavant—ce n'était donc pas nouveau pour elle—mais elle n'en était pas moins blessée pour autant.

Comme d'habitude, le propriétaire du magasin dit à Ana combien il était désolée de la perdre. Les choses s'étaient améliorées depuis son arrivée : l'endroit était d'une propreté impeccable, le montant du tiroir-caisse se révélait toujours exact et le vol à l'étalage, qui avait pris des proportions alarmantes, avait complètement cessé. D'accord, il y avait bien eu quelques plaintes étranges de la part de clients, mais, quand le propriétaire leur avait demandé d'être plus explicites, ils avaient préféré laisser tomber.

M. Haché, cependant, n'avait pas laissé tomber. Il n'avait pas jugé bon de fournir des explications, mais il n'avait pas laissé tomber non plus. M. Haché était le directeur de la banque où le propriétaire de l'épicerie avait emprunté de l'argent.

Anastasia accepta donc sa mise à pied sans rechigner. Elle empocha son chèque et le panier de fruits que le propriétaire lui remit dans un geste bienveillant, puis elle quitta à jamais à la fin de la journée.

Or Anastasia était triste. Quand elle arriva au parc, elle s'arrêta et s'assit paisiblement entre les arbres pendant un long moment, appréciant la solidité du bois

vivant, la caresse du vent et du soleil au-dessus de sa tête. Quand elle se sentit un peu mieux, elle prit le chemin de sa maison. Ce n'est que parvenue au coin de sa rue qu'elle se rendit compte que Ben et Sarah la suivaient pas à pas.

La maison d'Ana se dressait dans la vingt-troisième rue, trois pâtés de maisons au-delà du parc. C'était une maison petite et vieille, parmi une rangée de maisons petites et vieilles. Elle était peinte en bleu; des persiennes blanches, qui tenaient lieu de décoration, encadraient une fenêtre à losanges sur la façade—du genre de celles qui donnent une allure vraiment chaleureuse aux demeures, à Noël, quand on vaporise de la neige artificielle dans le coin des carreaux vitrés.

Ana rentra chez elle par la porte d'entrée, traversa la maison et, sans bruit, ressortit par la porte arrière. Elle aperçut Ben et Sarah dans le buisson de chèvrefeuille sous la fenêtre, sur le côté de la maison, épiant maladroitement à travers la vitre. D'un doigt, elle les toucha chacun à l'épaule gauche en prononçant un mot : «Pierre».

Deux pierres apparurent aussitôt sous le buisson de chèvrefeuille où les pieds des enfants s'étaient posés, deux pierres lisses, grises et rondes. Ana prit l'une, puis l'autre. Elle les transporta, serrées dans ses bras, jusqu'au parc où elle les déposa sous des arbustes. Puis elle retourna tranquillement chez elle.

CHAPITRE TROIS

Les pierres ne pensent pas, mais elles dégagent beaucoup d'ondes et d'énergie. Une pierre doit traverser des millénaires avant que le vent et l'eau ne l'érodent, et qu'elle se transforme en grains de sable qui tapissent le fond de la mer. Une pierre franchit les siècles d'une façon que les êtres humains ne connaîtront jamais. Sarah le ressentit. Ben le ressentit. Et cette sensation les habitait toujours quand, accroupis sous quelques buissons, au milieu du parc, ils retrouvèrent leur forme humaine.

Pourtant, quand leur corps respira à nouveau et que leur cœur se remit à battre, Sarah et Ben demeurèrent immobiles et silencieux pendant quelque temps. Ils ne voulaient pas rompre avec cette existence différente qui subsistait tant au dehors qu'au dedans

d'eux-mêmes. Finalement, Sarah étira ses jambes; Ben détendit les siennes et s'allongea dans l'herbe tendre.
– Qu'en penses-tu? demanda Sarah.
– Je pense qu'elle n'aime pas qu'on fourre son nez dans ses affaires, déclara Ben.
– Je suis tout à fait de ton avis, acquiesça Sarah. Il nous faudra adopter une attitude plus directe.

Chère Anastasia Filipendule,

Mon ami Ben et moi sommes désolés de vous avoir espionnée par la fenêtre de votre maison. En fait, c'est de ma faute parce que c'est moi qui suis en train d'échouer en sciences. Accepteriez-vous d'être mon sujet de recherche pour le cours de M. Viger à l'école? J'ai intitulé mon travail : «Nécromancie : fiction ou réalité?» Je ne sais pas au juste ce que contient votre répertoire, mais quelques grenouilles feraient fort bien l'affaire.

Je vous prie d'agréer l'expression de mes sentiments distingués.

Sarah Mathieu
P.-S. On ira vous rendre visite après l'école pour fignoler les détails avec vous.

Le lendemain matin, Sarah alla coller le mot sur la porte d'entrée d'Ana. Quand Ben et elle retournèrent chez elle plus tard, ils aperçurent un paquet sur la marche du perron. Sur le paquet, une écriture soignée indiquait : «Pour Sarah Mathieu, d'Anastasia Filipendule.»

Ben et Sarah emportèrent le paquet chez Sarah où ils le déballèrent sur la table de la cuisine. Ils découvrirent une petite boîte en bois de dix centimètres de hauteur sur dix centimètres de largeur. Un délicat motif floral avait été peint à la main sur le couvercle. Un papillon, également peint à la main, occupait un coin de la boîte, un papillon aux ailes aussi limpides que du verre.

– Qu'y a-t-il à l'intérieur? demanda Ben.

Sarah souleva le couvercle et aperçut un œuf de rouge-gorge. Une fois, son père et elle avaient grimpé sur le toit d'un vieil hangar pour contempler un nid qui contenait trois de ces ravissants œufs bleus. Sarah les examina, puis, refermant la boîte, la remit à Ben.

Ben l'ouvrit à son tour.

– Hé! s'écria-t-il. Une pièce de cinq cents trouée!

– Quoi? s'écria Sarah.

– Une pièce de cinq cents trouée, datée de 1947! J'en avais une autrefois. Ces pièces ne valent pas autant qu'un sou percé, mais elles sont tout de même assez rares. Grand-papa a pris la mienne pour s'acheter un journal. Je n'ai jamais osé le lui dire, mais, pendant tout un mois, je n'arrivais pas à le regarder sans me sentir tout chaviré.

– Fais voir, jeta Sarah.

Elle saisit la boîte. À l'intérieur reposait un petit œuf bleu de rouge-gorge.

— Je vois un œuf de rouge-gorge, déclara-t-elle.

— Je vois une pièce de cinq sous trouée, dit Ben.

Ben regarda Sarah; Sarah regarda Ben.

— Allons demander à ta mère ce qu'elle voit, suggéra-t-il.

La mère de Sarah était en train de tondre la pelouse dans la cour. Elle s'arrêta dès qu'elle aperçut les deux amis.

— Quelle jolie boîte! s'exclama-t-elle.

— Il y a quelque chose à l'intérieur, dit Ben. Mais on ne sait pas au juste ce que c'est!

La mère de Sarah ouvrit la boîte et sourit :

— C'est une broche de clan. En fait, il s'agit d'une broche du clan Macline. Ma mère, soit ta grand-mère, Sarah, était une Macline. Elle possédait une broche identique. Où l'as-tu trouvée?

— La dame de l'épicerie du coin me l'a donnée, répondit Sarah, celle qui a les cheveux foncés, remontés en tresses. Je lui ai dit que j'avais besoin d'un sujet de recherche en sciences et elle m'a donné ceci.

— Eh bien, je ne sais pas ce que cela a à voir avec une recherche en sciences, mais c'est charmant, vraiment charmant.

La mère de Sarah la regarda une dernière fois, puis soupira :

– Je crois qu'il vaudrait mieux que tu la lui rendes, Sarah.

– Mais elle me l'a donnée, objecta la fillette.

– En es-tu sûre? Ne voulait-elle pas seulement te la prêter? J'ai l'impression qu'il s'agit d'une chose à laquelle elle tient vraiment. À mon avis, tu devrais la lui rapporter et en discuter avec elle avant qu'elle ne se brise ou qu'elle ne s'égare. Les objets de ce genre ont habituellement une grande valeur pour les gens.

Soupirant à nouveau, la mère de Sarah lui remit la boîte.

– Est-ce que je suis vraiment obligée de la rendre? demanda Sarah.

– Oui, répondit sa mère. Mets-la dans un endroit sûr pour ce soir et tu iras la lui porter demain midi en venant dîner.

– C'est raté, dit Sarah, de retour dans la maison avec Ben.

– Peut-être que ta mère a raison après tout, admit Ben. Elle ignore à quel point cette boîte est spéciale, mais elle n'a peut-être pas tort : un objet pareil doit être très précieux pour sa propriétaire. Alors, pourquoi Mme Filipendule nous la donnerait-elle?

Sarah haussa les épaules :

– Elle a peut-être aimé ma lettre. Je me débrouille pas mal quand je veux, tu sais. Enfin, je pense que ça signifie que je n'ai pas grand-chose à craindre si je la lui rapporte au magasin. Elle ne va pas, tu sais… me changer en quoi que ce soit.

Anastasia Filipendule n'était évidemment pas au magasin le lendemain à midi. Ben et Sarah se rendirent donc chez elle. Mais, comme il n'y eut pas de réponse, ils déposèrent la boîte sur la marche du perron où ils l'avaient trouvée et Sarah lui écrivit un autre mot :

Chère Anastasia Filipendule,

Merci pour la boîte, mais ma mère dit que c'est beaucoup trop beau, qu'elle doit avoir une grande valeur pour vous et que je dois vous la rendre. Je ne crois pas que ça marcherait vraiment comme sujet de recherche pour le cours de sciences de toute façon. Au cas où vous seriez intéressée, voici ce que les gens, à qui nous l'avons montrée, ont vu à l'intérieur.

Sarah (moi)	*un œuf de rouge-gorge*
Ben	*une pièce de cinq cents trouée, datée de 1947*
Ma mère	*une broche du clan Macline*
Le frère aîné de Ben	*un canif d'officier de l'armée*
Éric (la grenouille)	*une veuve noire (On a*
Haché	*demandé au frère de Ben de lui montrer la boîte à notre place.)*
M. Serra, au magasin	*cent lires italiennes*
M. Viger (qui enseigne les sciences)	*un papillon*

M. Serra, à l'épicerie, nous a informés que vous ne travailliez plus là-bas. On lui a dit que, si c'était parce qu'Éric Haché avait dit ou fait quelque chose, il ne devait pas le croire, parce qu'on a vu Éric dérober le pistolet à eau et que ce n'était pas la première fois qu'il volait quelque chose au magasin.

Je vous prie d'agréer l'expression de mes sentiments distingués.

Sarah Mathieu

P.-S. Êtes-vous sûre que vous ne voulez pas participer à mon travail de recherche en sciences? Ça ne prendrait qu'une minute de votre temps. Je vous en prie.

CHAPITRE QUATRE

Anastasia Filipendule était assise sur les marches de son perron devant la maison quand Sarah et Ben vinrent lui rendre visite trois jours plus tard. Elle était en train de sculpter, dans un morceau de bois pâle, un oiseau prenant son essor. La tête et les ailes étaient lisses et parfaites, tandis que la queue commençait lentement à prendre forme dans la rugosité du bois préparé à cet effet. Elle le déposa doucement à côté d'elle quand elle aperçut Ben et Sarah qui s'avançaient vers elle.

– Bonjour! lança Sarah. Je suis Sarah et voici Ben. Merci de nous avoir invités.

– Cela devenait difficile de toujours communiquer par lettres. Vous pouvez m'appeler Ana si vous voulez.

– Bien, fit Sarah en s'assoyant sur la marche auprès d'elle. Je commence ou vous commencez?

– Je ne sais pas, répondit Ana. Par quoi voudrais-tu commencer?

Sarah sortit un petit calepin et un crayon de la poche de son pantalon.

– J'ai quelques questions à vous poser, dit-elle. Premièrement, comment avez-vous appris à faire ce que vous faites?

– Essayons la question numéro deux, dit Ana.

– Faites-vous partie d'un groupe, d'une secte ou de quelque chose de génial comme ça?

– Passons à la question numéro trois, suggéra Ana.

– Depuis combien de temps changez-vous les gens en grenouilles? demanda Sarah.

– Intéressantes questions, déclara Ana. Je pense qu'on va faire une pause et prendre le thé. Tout est prêt dans la cuisine.

Ana se leva.

– Je vais vous aider, offrit Ben qui la suivit dans la maison.

Restée seule sur les marches, Sarah fronça les sourcils et empocha son calepin. Son regard balaya la cour, se posa sous les marches du perron, le long de la maison… Un vif éclair près des fleurs attira son attention un moment, mais il disparut aussitôt. Puis, sur la marche derrière elle, Sarah aperçut le petit oiseau qu'Ana était en train de sculpter. Il lui rappela une mouette, un de ces goélands en vol plané qui s'élevaient bien au-dessus des terrains de jeux près de la rivière. Elle allongea le bras et le prit dans sa main.

Elle se retrouva instantanément dans les airs, survolant la ville. Elle aperçut la rivière, le parc, le labyrinthe de rues et de maisons qui s'étendaient sur des kilomètres à la ronde. Le vent caressait doucement ses plumes. Plumes! Mais elle était un oiseau!

Elle décrivit des cercles, virevoltant lentement au gré des courants d'air. Elle pouvait sentir leur gaieté; elle pouvait presque percevoir leur texture. Jouissant d'une vision claire et nette, elle identifia sa maison, l'école, puis la rue où vivait Ana. Elle se laissa emporter dans cette direction à toute vitesse par le vent qui la soulevait de plus en plus haut.

Malheur! Voilà que l'air se déroba soudain sous elle. Instinctivement, elle se mit à battre des ailes avec frénésie. Or, malgré la vigueur qu'elle mettait à voler, elle dégringolait toujours. Elle redoubla alors d'efforts, mais en vain : quelque chose n'allait pas. Bizarrement, elle se mit à tourbillonner vers le sol. Elle tenta désespérément de se diriger vers la maison d'Ana. Elle plongeait maintenant vers la terre à une vitesse vertigineuse. Elle appela au secours, hurlant de son cri aigu et pressant de goéland, tandis qu'elle fendait l'air et que ses ailes refusaient de lui obéir!

– Sarah!

Sarah Mathieu était assise sur les marches du perron d'Anastasia Filipendule. Ana, debout à ses côtés, tenait l'oiseau sculpté dans la paume de sa main.

– Est-ce que tout va bien?

Sarah réfléchit un moment. Orteils, doigts, genoux, pouls…

– Ça va, fit-elle.

– Bien! s'exclama Ana. Tu aurais dû lâcher la sculpture. Elle ne t'était pas destinée de toute façon.

– Ne l'offrez surtout pas à quelqu'un que vous aimez, dit Sarah. Elle est défectueuse.

Ana plissa le front. Soudain, elle parut comprendre. Elle tourna l'oiseau et le maintint par le bec, montrant ainsi la queue inachevée.

– Tu volais sans véritable stabilisateur.

– Oh! ça explique tout, dit Sarah.

– Peut-être qu'on devrait prendre le thé à l'intérieur, suggéra Ana.

– D'accord, acquiesça Sarah qui lui emboîta le pas.

Sur la table de la cuisine, du thé chinois et d'épaisses tranches de pain aux bananes étaient servis. S'il y avait eu quelque chose de plus bruyant à mastiquer que du pain aux bananes, c'eût été embarrassant, car personne ne parla en mangeant. Sarah semblait réfléchir très fort. Elle ouvrit la bouche à une ou deux reprises, mais elle la referma chaque fois sans prononcer un mot.

Pendant un long moment, le silence fut entrecoupé du bruit de la déglutition étouffée du thé que l'on sirote délicatement. Enfin Ana balaya légèrement la table du bras, comme si elle voulait la débarrasser de ses miettes. Or, sous sa main, la table devint aussi limpide que du cristal et ses profondeurs s'animèrent d'un mouvement reflétant les couleurs nuancées de l'arc-en-ciel.

– Comment faites-vous ça? demanda Ben, le souffle coupé.

Ana eut un sourire.

– Je le fais, c'est tout, répondit-elle. Ça te plaît?

– Oui!

– Vous pourriez devenir célèbre, déclara Sarah. Vous seriez magnifique à la télévision ou dans un grand spectacle de magie à New York.

Ana hocha la tête.

– Je laisse ce genre de choses aux magiciens, dit-elle.

– Mais vous faites de la magie, insista Sarah. De la vraie!

– De la vraie magie? se moqua Ana.

– Si c'est de la vraie, intervint Ben, qui s'était interrompu pour réfléchir un moment, alors ça ne peut pas être de la magie. Du moins, pas tout à fait. Je veux dire, d'une façon, oui; mais d'une autre, non.

Sarah eut l'air déçue.

– Mais c'est vous qui faites ça? s'enquit-elle une fois de plus.

– Oh! oui, répondit Ana en souriant.

Elle repassa la main sur la table et celle-ci redevint comme avant.

– Bien, fit Sarah. Et vous allez être mon sujet de recherche, n'est-ce-pas? C'est la raison pour laquelle vous nous avez invités ici, pas vrai?

– J'aimerais faire quelque chose pour vous, dit Ana. Après que vous avez parlé à M. Serra au magasin, il a éclairci certaines choses avec M. Haché. Je doute que les conséquences aient été très agréables pour Éric quand il a dû avouer qu'il volait, mais j'ai au moins retrouvé mon emploi. Ce que vous avez fait était très gentil.

– Bien! s'écria Sarah.

– Mais je ne peux pas faire grand-chose et certainement pas devant des spectateurs, reprit-elle.

Sarah plissa le front.

– N'y aurait-il pas quelque chose que je pourrais faire juste pour ton professeur de sciences, un petit geste particulier qui t'aiderait à réussir ton année? poursuivit Ana.

Sarah se concentra. Puis elle sourit.

– Au lieu de faire quelque chose pour mon professeur de sciences, pourriez-vous faire quelque chose à mon professeur de sciences? demanda-t-elle.

– Ça dépend, dit Ana.

– Pourriez-vous le changer en grenouille?

– Je crois que oui.

– Ce serait parfait, dit Sarah. Tout simplement parfait!

Sur ce, Sarah se tut. En fait, tout le monde se tut pendant quelques minutes. Ana regarda enfin Sarah, puis elle se tourna vers Ben, les yeux interrogateurs.

– Elle réfléchit, expliqua Ben. En fait, on pourrait aussi bien s'en aller. Je la connais. Elle est déjà en train de penser à la façon dont elle pourrait profiter au maximum de cette expérience. On ne tirera rien d'elle jusqu'à ce qu'elle ait élaboré un plan d'action qui la satisfera pleinement.

– Ben a raison, admit Sarah qui engloutissait un dernier morceau de pain aux bananes. J'ai besoin de réfléchir.

Ana les raccompagna jusqu'à la porte d'entrée. Ben examina de nouveau le salon en le traversant. C'était une pièce toute en lumières et en couleurs. Une affiche, représentant un lac et des rochers inondés de soleil, des tableaux et des tapisseries se côtoyaient gaiement sur les murs. Des housses bleu paon couvraient le vieux canapé et le fauteuil. Un grand coffre en bois poli se dressait devant la fenêtre de la façade. Des tapis nattés agrémentaient le sol. Et partout, sur les étagères, dans les coins et les recoins étaient posés de petits objets brillants : sculptures, bougies, bols en porcelaine. Soudain, le regard de Ben s'arrêta sur une tablette, au fond de la pièce : il venait d'apercevoir la boîte peinte à la main.

– Aimerais-tu la regarder une autre fois? lui demanda Ana, tandis que Sarah franchissait déjà le seuil de la porte.

– Oui, répondit Ben.

Ana lui tendit la boîte. Ben la retourna dans ses mains. Il observa les délicats motifs dont le couvercle et les côtés étaient ornés.

– Quand je l'ai fabriquée, il y a très longtemps, j'ai peint dessus les merveilleuses petites choses que je me rappelais avoir vues enfant.

– Celle-ci est ma favorite, indiqua Ben. La façon dont vous l'avez peinte... on dirait un papillon aux ailes de verre.

Ana acquiesça d'un signe de tête.

Ben ouvrit la boîte.

– Une pièce de cinq sous trouée, datée de 1947! s'exclama-t-il, satisfait.

Il remit la boîte à Ana et prit congé à son tour.

* * *

– Que s'est-il passé sur les marches du perron? s'enquit Ben auprès de Sarah sur le chemin du retour.

– La sculpture! Je l'ai prise dans ma main et, soudainement, je suis devenue un oiseau volant à 500 kilomètres à l'heure, sans queue pour gouverner. Pas drôle du tout!

Elle réfléchit un moment.

– Mais au début… quand les courants d'air étaient tellement puissants que je flottais malgré tout dans l'espace, quand j'ai pris mon essor dans le vent, c'était agréable, vraiment agréable. Anastasia Filipendule a du talent. M. Viger va être impressionné. Oui, vraiment impressionné. Quand il se sera remis du choc d'avoir des pieds palmés, bien entendu!

CHAPITRE CINQ

La rencontre entre Anastasia Filipendule et André Viger était prévue pour le jeudi après-midi, juste après les cours. Sarah entra dans la classe suivie d'Ana et de Ben, qui referma la porte derrière lui. Sarah, la bonhomie personnifiée, jeta :

– Bonjour, monsieur Viger. Je vous présente mon travail de recherche.

André Viger regarda Anastasia Filipendule; Anastasia Filipendule regarda André Viger.

– Elle s'appelle Anastasia Filipendule, continua Sarah. Elle transforme les gens en grenouilles.

– Je vois, fit M. Viger qui s'était attendu au pire et qui, apparemment, n'allait pas être déçu. Enchanté de vous connaître, mademoiselle Filipendule.

Ana le salua et ils se serrèrent la main.

– Avant de commencer, poursuivit Sarah, je veux que tout soit bien clair entre nous. Si je présente effectivement un prodige scientifique qui peut changer les gens en grenouilles, alors, je réussis automatiquement mon travail de recherche : pas de tapage, pas d'histoires, pas d'objections?

M. Viger acquiesça d'un signe de tête.

– Et si ça ne marche pas, dit-il, tu arrêtes de me faire tourner en bourrique. Tu te mets au boulot et tu agis comme une élève normale le restant de l'année, ce qui inclut la remise d'un travail de recherche ordinaire.

– D'accord, fit Sarah.

– Je suis sérieux, Sarah, coupa M. Viger. Je me suis laissé prendre à ton étrange petit jeu, je ne sais trop comment, mais ça suffit maintenant.

– D'accord, d'accord, dit Sarah. Ben sera le juge.

– Ben ne sera pas le juge, objecta M. Viger. *Je* serai le juge.

– Comment pourrez-vous être le juge? Vous allez être changé en grenouille!

M. Viger lui jeta un regard noir de colère.

Sans plus insister, elle se percha sur le pupitre le plus proche, Ben à ses côtés.

– D'accord, Ana, dit Sarah. Allez-y!

Ana s'approcha de M. Viger, tendit la main et toucha son épaule gauche.

– Grenouille, prononça-t-elle.

M. Viger demeura M. Viger. Anastasia Filipendule demeura Anastasia Filipendule. Ben et Sarah demeurèrent Ben et Sarah.

Sarah fronça les sourcils et sauta par terre.

– Un moment s'il vous plaît, dit Sarah à M. Viger. Ma recherche en sciences et moi devons nous consulter.

Elle chuchota quelque chose à l'oreille d'Ana et celle-ci hocha la tête.

– Monsieur Viger, dit Sarah en le prenant par le bras, je pense que l'éclairage est mauvais ici. Il vaudrait mieux que vous vous placiez près des fenêtres. Regardez dans la rue et je vous dirai quand nous serons prêts.

D'un bond, elle reprit sa place sur le pupitre. Elle fit un signe à Ana. S'approchant rapidement de l'enseignant par derrière, Ana le toucha alors à l'épaule gauche.

– Grenouille, répéta-t-elle.

M. Viger resta tel quel. Anastasia Filipendule resta telle quelle. Ben et Sarah restèrent tels quels. M. Viger se retourna et les observa, interrogateur.

Sarah plissa le front. Personne ne parla pendant ce qui parut un long moment. Puis, brusquement, Sarah sauta du pupitre.

– Ça ne fait rien! jeta-t-elle. Ce n'était qu'une plaisanterie, monsieur Viger. À demain.

Sans plus d'explications, Sarah tourna les talons et quitta la classe. Ben et Ana la suivirent. Elle traversa le corridor à petits pas précipités sans jeter un seul regard derrière elle. Elle ne vit donc pas Ana qui, en passant, tendit la main et toucha l'épaule de quelques élèves debout devant leur casier. Grenouille, arbuste, urne grecque apparurent le long du corridor derrière le petit dos tendu de Sarah, tandis qu'elle poussait les lourdes portes orange.

Quand elle traversa la cour de récréation, Ben et Ana la suivaient toujours.

– Sarah! appela Ben. Sarah, attends!

Elle continua son chemin.

– Sarah! cria Ben.

Elle s'arrêta et se retourna.

– Qu'est-ce que tu veux? lança-t-elle.

– Je veux seulement que tu nous attendes, c'est tout, répondit Ben.

– Je n'ai pas le temps, dit Sarah. Il faut que j'aille acheter une tonne de macaroni pour bâtir le plus gros, le plus stupide, le plus insignifiant des travaux de recherche jamais vus!

– Je vais t'aider, offrit Ben.

– Je ne veux pas d'aide, s'écria Sarah. Je n'ai pas besoin d'aide. Ni de la tienne, ni de la sienne, ni de celle de personne.

Elle tourna les talons et se mit à courir. Elle franchit

la cour et, d'un bond bien synchronisé, sauta par-dessus la clôture et traversa la rue sans se retourner.

– Elle tenait vraiment, mais vraiment à changer M. Viger en grenouille, vous savez, dit Ben, tandis qu'il raccompagnait Ana jusque chez elle.

– Je sais, dit Ana.

– Moi aussi, pour dire la vérité, déclara Ben.

– Tu ne me demandes pas ce qui n'a pas marché? s'enquit Ana.

– Non.

– Pourquoi pas?

– Parce que vous ne le savez pas vous-même, répondit Ben. Et puis, ce que je veux vraiment savoir, c'est la raison pour laquelle vous avez d'abord accepté d'aider Sarah?

– Je lui dois une faveur parce qu'elle m'a permis de retrouver mon emploi, dit Ana. En fait, je vous dois à tous deux une faveur.

– Peut-être bien, mais il y a quelque chose d'autre. Quelque chose que vous avez en commun avec Sarah; quelque chose que vous recherchez toutes les deux.

Ana sourit, mais ne dit mot.

– Je crois pourtant que vous faites fausse route, déclara Ben. Sarah n'a rien de particulier. Enfin, si, peut-être, mais rien de ce que vous croyez.

– Non, dit Ana. C'est vrai. Mais ce n'est peut-être pas nécessaire non plus.

– Que voulez-vous dire?

– On ne peut pas en discuter maintenant, lui dit-elle, soudain.

Ils venaient de tourner le coin de la rue d'Ana et ils apercevaient la haie qui entourait sa petite maison bleue.

– Au lieu de prendre l'allée menant chez moi, je crois plutôt qu'on va continuer notre chemin, comme s'il s'agissait de la maison de quelqu'un d'autre. Puis on poursuivra notre route et on tournera à gauche. Tu pourras te diriger vers chez toi, tandis que je ferai un brusque crochet pour revenir par une autre rue, dit-elle.

– Qu'est ce qui ne va pas?

– Quelqu'un nous suit, déclara Ana. Et je ne tiens pas particulièrement à le ramener chez moi.

Elle toucha Ben à l'épaule. Même si cela ne dura qu'un instant, il sentit la présence de quelqu'un qui rôdait autour d'eux : ni vraiment près, ni vraiment loin. Cette personne était sournoise et rusée, et possédait maintes autres qualités que Ben percevait comme une suite de tableaux ton sur ton.

– Éric Haché! s'écria-t-il. Qu'est-ce qu'il manigance encore celui-là?

CHAPITRE SIX

$\mathbf{Q}$uand Ben se réveilla, le matin suivant, il aperçut grand-papa Butler assis sur une chaise dans le coin de sa chambre. Il dormait. Une couverture le couvrait à demi et sa tête reposait sur un oreiller appuyé contre le mur. Chaque fois que grand-papa Butler faisait un cauchemar, il allait dormir dans l'une des chambres des enfants. Cela irritait Ben, car son grand-père était le seul à posséder sa propre chambre dans toute la maisonnée.

Il s'habilla donc en vitesse et se rendit à la cuisine. Personne n'était encore debout. Il se prépara un sandwich au beurre d'arachide et s'installa à la table. Il était content que la maison soit tranquille, car il devait réfléchir. Bon! Il y avait Sarah, Anastasia Filipendule, puis Éric Haché. Soudain, il entendit le bébé qui se

réveillait. Il prépara donc le café pour sa mère et gribouilla un mot annonçant qu'il allait se promener.

Deux heures plus tard, Sarah Mathieu pénétra dans la cuisine de Ben Clark. Elle resta assise dans le coin, près du frigo, pendant une bonne demi-heure avant que quiconque—outre le cousin de Ben, qui l'avait laissée entrer alors qu'il sortait, ou les chiens qui semblaient croire que, puisqu'elle n'avait pas sonné, c'est qu'elle vivait là depuis toujours et qu'il n'y avait pas lieu de s'inquiéter—s'aperçoive de sa présence.

Elle compta cinq personnes et deux chiens dans la cuisine des Clark, qui parlaient tous en même temps, sauf le bébé qui pleurait. La table ressemblait à une publicité télévisée, vantant des céréales, qui aurait été victime d'un vent de folie. Des jouets et de la nourriture pour chats étaient éparpillés çà et là sur le plancher; le bébé crachait ses céréales autour de lui; la sœur cadette de Ben fredonnait les ritournelles que jouait la radio; et grand-papa Butler lisait des passages du journal à haute voix.

– Le gouvernement va instaurer un contrôle des salaires, tonna-t-il. Ils avaient pourtant juré qu'ils ne feraient jamais ça. Jamais! Mais les journaux le disent-ils? Oh! non. Plus personne ne s'en souvient. Tout nouveau, tout beau!

– Jacques, pourquoi Thomas pleure-t-il?

– Il est sur le pot.

– Peux-tu aller l'aider, s'il te plaît?

– Maintenant? Pouah! Pas question. Je suis en train de manger. Je vais vomir si j'y vais.

– Docteur, rugit grand-papa Butler, un doctorat, pas moins : Tanner Black, diplôme ès lettres, éminent investigateur du surnaturel, nous rend visite. Ils ne disent pas qu'il vivait ici, il y a vingt ans, et qu'il était connu sous le nom de Tanner-le-fou, vendeur de voitures d'occasion. Les gens oublient. Les gens oublient et la presse est de connivence avec eux. C'est un complot tout ça. Sapristi! Des voitures d'occasion ou le surnaturel. C'est du pareil au même : du boniment de vendeur.

– Jacques, je t'en prie, Thomas a l'air désespéré.

– Je vais vomir. Je ne peux pas. Je t'assure.

– Je vais y aller, proposa Sarah.

Debout devant la porte de la salle de bains, Thomas attendait de l'aide et des éloges. Sarah l'aida et tous deux firent au revoir de la main en tirant la chasse d'eau. Puis Thomas déguerpit dans le couloir, hurlant le nom de Sarah à pleins poumons.

Sarah aurait bien aimé partir à la recherche de Ben à ce stade-ci de sa visite, mais la première personne qu'elle rencontra fut le frère aîné de son copain qui avançait dans le couloir, la cigarette au bec et une serviette enroulée autour de la taille. À vrai dire, elle ne reconnut pas le gars qu'il lui arrivait de croiser de temps en temps dans la rue. C'était étrange de se trouver dans la maison de quelqu'un le samedi matin, du moins dans cette partie de la maison où il y avait des recoins sombres et silencieux, et des odeurs... Sarah opta finalement pour la lumière et le bruit. Elle retourna donc dans la cuisine.

— Le prix de l'or diminue, lut grand-papa Butler à haute voix. Je me rappelle quand ils ont dit que le prix de l'or ne baisserait jamais!

Un grand hurlement l'interrompit.

— Que quelqu'un fasse sortir le chien! s'écria une voix dans la cuisine.

Deux personnes se précipitèrent pour mettre le chien dehors. Le chien sortit. Le chat rentra. Thomas l'attrapa. L'animal se dégagea des bras du petit, bondit sur la table, renversa la boîte de flocons de maïs et s'enfuit dans le couloir.

— Qui a fait ça? demanda la mère de Ben en voyant les flocons de maïs voltiger dans les airs.

Balayant la pièce du regard, elle s'arrêta dès qu'elle aperçut Sarah.

— Qu'est-ce que tu fais ici, Sarah? demanda-t-elle. Cherches-tu Ben?

Elle ne put en dire plus, car la sonnette retentit à ce moment-là. Le chien numéro deux se mit à hurler et tous les habitants de la maison âgés de moins de huit ans détalèrent en direction de la porte. Grand-papa Butler cria à tue-tête :

– Il y a quelqu'un à la porte.

Du salon, Michel lança :

– Maman, veux-tu acheter un aspirateur?

Sarah dut lire sur les lèvres de la mère de Ben qui articula :

– Il n'est pas ici.

– Oh! fit Sarah.

Elle sortit par la porte arrière et rentra chez elle.

Ben était assis dans sa cuisine, en train d'aider sa mère à faire les mots croisés du samedi. L'atmosphère était si calme que Sarah pouvait entendre le glissement du crayon sur le papier.

– C'est une maison de fous chez toi, dit-elle en descendant au sous-sol.

– Je sais, acquiesça Ben. Assez pour donner des cauchemars à un vieillard.

– Quoi qu'il en soit, j'ai tout compris au sujet d'hier. J'ai mal réagi et un peu trop vivement, je l'avoue. Je ne crois pas qu'elle ait volontairement tout gâché. Je suis désolée de m'être emportée ainsi.

– Tant mieux, s'exclama Ben. Parce qu'il y a certaines choses dont je voudrais discuter avec toi.

– O.K., fit Sarah. Mais laisse-moi d'abord finir ça. Tu vois, après mon retour à la maison, hier, j'ai longuement réfléchi. Je m'y suis prise de la mauvaise façon, voilà tout. Ce n'est pas d'Anastasia Filipendule dont j'ai besoin pour mon travail de recherche. Je n'ai même pas besoin de changer M. Viger en quoi que ce soit. Ce qu'il me faut, en fait, c'est l'aide d'Ana pour créer moi-même quelque chose d'exceptionnel. Quelque chose comme ça!

Sarah désigna alors une table appuyée contre le mur, à l'extrémité de la cave, sur laquelle Ben aperçut une boîte en verre. Il la reconnut aussitôt : c'était la vieille fourmilière de Sarah. Mais quelque chose avait changé : les galeries étaient plus grandes, les loges, plus vastes qu'auparavant. Dans quelques-unes des galeries gisaient de minuscules roulements à billes et de gros morceaux de paille en plastique. Dans l'une des loges, un très petit bâtonnet se tenait en équilibre à travers un infime cylindre. Ben remarqua aussi divers autres objets qu'il ne prit pas la peine d'identifier! Or, sur le dessus de la fourmilière, il crut voir quelque chose qui ressemblait à la balançoire la plus miniature du monde.

– Sais-tu ce que c'est? demanda Sarah.

– Je crois le deviner, répondit Ben.

– Ce n'est pas le monde merveilleux de Disney, mais l'ensemble est assez réussi, tu ne trouves pas? s'enquit sa copine.

Et, d'une chiquenaude, elle fit se mouvoir la balançoire miniature.

CHAPITRE SEPT

Ce samedi après-midi-là, la maison d'Ana regorgeait d'air et de soleil. Toutes les fenêtres étaient ouvertes et les rideaux tirés au maximum. Ana s'affairait à remplacer quelques tuiles abîmées autour de la cuisinière. Elle avait réussi à les arracher toutes quand Sarah et Ben firent leur apparition.

– Je veux que vous me changiez en fourmi, déclara Sarah.

– D'autres avant toi ont déjà tenté l'expérience, fit Ana. Et pour dire le vrai, les données scientifiques qui existent sur le sujet sont plutôt complètes et assez précises.

– Je ne veux pas les étudier, je veux les transformer. M. Viger ne cesse de répéter à quel point elles sont industrieuses : elles bâtissent, elles transportent, elles creusent... J'aimerais leur faire découvrir un nouveau mode de vie.

— Je ne crois pas que ça va marcher. Tu sais, leur esprit ne fonctionne pas exactement comme le nôtre, lui dit Ana.

— J'aimerais tout de même essayer, persista Sarah. Je peux être très convaincante quand je veux. Y a-t-il des fourmis dans votre jardin?

— Oui.

— Bien, dit Sarah. Allons-y!

Dans la cour, Sarah choisit dix belles grosses fourmis et les déposa dans la fourmilière. Elle y plaça un morceau de fruit et quelques bouts de pain tartinés de beurre d'arachide. Ana et elle s'entendirent sur une série de mouvements simples qui indiqueraient quand elle serait prête à redevenir Sarah. Ana la métamorphosa donc en fourmi et Sarah pénétra dans la fourmilière.

— Cela pourrait bien durer quelque temps, tu sais. J'ai encore du travail à faire dans la maison. Veux-tu m'accompagner? demanda-t-elle à Ben.

— Croyez-vous qu'il soit prudent de la laisser seule?

— Il n'y a rien à craindre, répondit Ana. Je l'ai dotée d'une certaine protection.

Ben regarda la fourmilière.

— Je préfère tout de même rester ici, dit-il en s'assoyant dans l'herbe tout près.

Ce n'était pas particulièrement intéressant d'observer la fourmilière. Autant que pouvait en juger Ben, il s'agissait seulement d'un tas de fourmis qui grouillaient. Il n'arrivait même pas à déterminer laquelle était Sarah, bien que, de temps en temps, l'une d'elles se mettait à se balancer et il crut qu'il s'agissait de son amie. Mais il n'en était pas sûr. Ana sortit plusieurs fois pour vérifier si tout allait bien. Chaque fois, elle paraissait plutôt surprise de voir que Sarah n'avait pas abandonné la partie, mais elle donnait l'impression de reconnaître la jeune fille et de comprendre ce qu'elle faisait dans la colonie de fourmis. Finalement, elle et Ben allèrent boire un thé glacé sur le balcon, dans la cour.

Levant soudain les yeux, Ben aperçut un papillon posé sous la corniche. Au début, il s'étonna seulement que l'insecte se tienne à l'ombre : les papillons sont habituellement attirés par la chaleur du soleil et butinent les fleurs à cette heure du jour. Puis il se mit à l'observer. Ses ailes étaient incolores : elles avaient l'aspect nébuleux du verre trempé.

– Le papillon de verre! s'exclama Ben. Comme celui que vous avez peint sur la boîte.

Ana acquiesça de la tête.

– Il est ici depuis maintenant deux semaines. Je l'ai apporté sous la corniche, car je craignais que les oiseaux ne le découvrent. Quand il est arrivé, il avait la transparence de l'air, exactement comme je me rappelais l'avoir vu enfant. Puis il s'est mis à changer et je me suis souvenu du poème.

– Quel poème?

Ana leva les yeux vers le papillon. Puis elle articula chacun des mots comme l'aurait fait le petit frère de Ben en récitant une comptine.

Mais quand, avec le temps, la transparence
De ses ailes se troublera,
Quelqu'un doté d'un esprit puissant surgira
Et sa clarté lui redonnera.
En quête de vent, de ciel et de lumière,
Trois amis s'élèveront très haut,
Toujours plus haut,
Pour libérer le papillon de verre.

– Mais c'est un papillon : il pond des œufs qui se transforment en chenilles, puis en chrysalides qui deviendront papillons à leur tour, dit Ben.

– C'est ce qui arriverait s'ils étaient deux, déclara Ana, mais, lui, il est seul. Il se reproduit donc d'une autre façon. En fait, quand on le voit—transparent et vigoureux—il ressemble plus à une idée parfaite qu'à un être vivant.

– Mais quand la transparence de ses ailes se troublera, quelqu'un doté d'un esprit puissant surgira…

répéta Ben, les yeux fixés sur Ana. Sarah! s'écria-t-il
soudain.

– Je ne sais pas, fit Ana. La vérité est que je n'ai pas
cru à ces vers au début. En fait, il ne s'agit que de
quelques lignes d'un poème dont j'ignore même l'o-
rigine. J'imagine que je le connais depuis toujours. Il y
a des tas de choses comme ça que l'on n'arrive pas à
s'expliquer. Puis Sarah et toi êtes apparus. Qui sait?
conclut Ana en souriant. Peut-être que ce vieux poème
m'a servi de prétexte pour me faire des amis?

– Récitez-moi la fin encore une fois, demanda Ben.

En quête de vent, de ciel et de lumière,
Trois amis s'élèveront très haut,
Toujours plus haut,
Pour libérer le papillon de verre.

– Je ne sais pas ce que cela signifie, alors ne me le
demande pas, dit Ana.

– Quand allez-vous en parler à Sarah? s'enquit Ben.

– Je ne vais pas lui en parler, dit-elle, ni toi d'ailleurs.
Je ne crois pas aux tours de passe-passe. Si cela arrive,
cela arrivera. Sinon—si le papillon est simplement
venu ici pour mourir en paix et que cela suppose l'ex-
tinction de son espèce—je ne veux pas que Sarah croie
que c'est de sa faute. Compris?

Ben fit signe que oui.

– Mais vous vouliez savoir si Sarah était au courant. C'est pour cette raison que vous lui avez offert la boîte, n'est-ce pas?

– En partie, répondit Ana. Mais peu de choses dans la vie sont aussi simples qu'elles le paraissent.

Sarah apparut derrière le coin de la maison. Les cheveux en broussaille, les vêtements souillés, elle n'était pas très belle à voir.

– Rien à faire! s'exclama-t-elle en s'effondrant sur la marche auprès de Ben. Impossible d'enseigner quoi que ce soit aux fourmis : des robots, purement et simplement!

– Sarah, as-tu déjà vu un papillon comme celui-ci? s'enquit Ben.

– Non, répondit-elle. Allons, rentrons chez nous.

– C'est un papillon plutôt exceptionnel, insista-t-il.

– Exceptionnel ou pas, j'en ai ras le bol des insectes, fit Sarah. Merci quand même, Ana. À plus tard. Viens, Ben. Rentrons.

Sur le chemin du retour, Sarah et Ben s'arrêtèrent au magasin et achetèrent deux barbotines aux cerises, ce qui revigora Sarah.

– Je n'ai pas l'intention d'abandonner, tu sais, dit-elle en sirotant la rafraîchissante boisson sucrée.

– Je ne crois pas qu'Ana s'attende à cela non plus.

– Pourquoi ne m'aide-t-elle pas alors, Ben? demanda Sarah, le front plissé. D'accord, elle fait ce que je lui demande, ou du moins elle essaie, mais elle ne m'aide pas vraiment. Elle ne nous révèle rien d'elle ou de ce qu'elle est capable de faire. À moins que… est-ce qu'elle t'aurait parlé par hasard?

– Ce qu'elle m'a dit te concerne plus qu'elle-même en fait, confia Ben.

– Dans ce cas, je préfère ne pas le savoir, déclara Sarah. J'ai fait fausse route jusqu'ici, mais je pense qu'elle va me donner une autre chance. Cette fois, pourtant, il faudra que ce soit quelque chose d'un peu mieux préparé. Spectaculaire, mais préparé.

– Le travail de recherche n'est peut-être pas aussi important que ça, suggéra Ben.

– Oh! la recherche comme telle n'est pas vraiment importante. Pour moi, c'est une question de principe maintenant, où ma personnalité et celle de M. Viger entrent en jeu. Et ce n'est pas tout. Je suis en train de rater la chance de ma vie. Je le sais. Je le sens!

CHAPITRE HUIT

Tanner Black avait loué
une chambre au vingt-troisième étage du Holiday Inn.
De sa fenêtre, il pouvait voir toute la partie ouest de la
ville où il avait fait ses débuts dans la vie. Mieux encore,
il apercevait plus bas, à l'intersection de la huitième
avenue et de la rue Huron, l'emplacement qu'avait
occupé l'entreprise de voitures usagées de «Tanner-le-
fou» vingt ans plus tôt.

«La vente de voitures d'occasion, se répéta-t-il pour
la nième fois, ne diffère pas vraiment de la vente du
surnaturel.» Au lieu de vendre des Chevrolet 1957, il
vendait des abonnements au *Magazine de la vie surna-
turelle* et des cartes de membre pour la *Société de
recherche sur le surnaturel inc.* Dans les deux cas, il
s'agissait d'un produit envers lequel les gens se mon-
traient d'abord sceptiques, mais auquel, au plus

profond d'eux-mêmes, ils voulaient croire. Or, en se tournant vers le surnaturel, Tanner Black s'était acquis une réputation et un statut dont il était très fier. On le percevait maintenant comme un homme intelligent et instruit, et cela lui plaisait.

Le regard tourné vers l'ouest, Tanner Black sourit. Puis il se retourna et fixa durement le jeune homme assis sur la chaise derrière lui.

– Eh bien, garçon! Qu'est-ce que tu m'apportes? demanda-t-il. Et sache que les contes de fées ne m'intéressent aucunement. J'en ai trop entendu pour ne pas les flairer de loin.

– Non, m'sieur, répondit le garçon. Ou plutôt, oui, m'sieur. Je veux dire, je pense que vous allez aimer ceci, m'sieur.

Il lui tendit alors une enveloppe brune. Tanner Black hocha la tête en signe d'approbation. Il préférait de beaucoup recevoir l'information de cette manière, plutôt que d'entendre palabrer pendant des heures au sujet de tableaux qui tombent des murs ou de portes qui refusent de s'ouvrir. Et cette trouvaille tombait à point nommé, car il avait justement besoin de nouveauté pour susciter tant l'intérêt des gens que leur apport financier. Il ouvrit l'enveloppe et jeta un bref coup d'œil sur quelques feuillets. Il tomba alors sur une petite photo qu'il examina pendant plusieurs minutes. Ce visage ne lui était pas inconnu. En fait, c'était la quatrième fois en quatre ans que ce même visage était porté à son attention.

— Cette femme vit-elle toujours en ville? s'enquit-il.

— Oh oui! m'sieur, répondit le garçon.

— Tu en es sûr? insista l'autre.

— Tout à fait.

— Et sait-elle que tu t'intéresses à elle?

— Non, répondit le garçon. J'ai agi avec prudence à cet égard.

Tanner Black, un large sourire aux lèvres, tendit la main au garçon.

— Eh bien, mon ami, je pense que nous pourrons faire affaire ensemble. Rappelle-moi ton nom encore une fois?

— Éric Haché, répliqua le garçon.

* * *

André Viger adorait les sciences. Il en adorait la pureté et l'exactitude. Les sciences le fascinaient parce que, chaque fois qu'un papier de tournesol virait du rouge au bleu, qu'une graine germait ou que Vénus apparaissait au crépuscule, exactement à l'endroit où elle était censée se trouver, les lois de la nature étaient démontrées.

Or Anastasia Filipendule l'intriguait plus qu'il ne voulait l'admettre. Il savait que Ben, Sarah et elle étaient toujours amis. Il l'avait deviné grâce aux questions que Sarah avait posées en classe, au cours de la semaine : des questions sur le fantastique, l'inconnu, l'imprévu. Dès qu'il avait parlé des alchimistes qui, depuis la nuit des temps, étaient en quête d'une méthode de transmutation des métaux permettant de transformer le fer en or, le regard de Sarah s'était de nouveau illuminé. Et après la classe, Ben et elle étaient restés avec lui pour en causer.

– J'imagine que, si on faisait une telle découverte aujourd'hui, cela provoquerait des ravages à la Bourse et le marché des changes serait complètement bousillé, dit Sarah.

– Oui, je pense que tu as très bien décrit ce qui arriverait, acquiesça M. Viger.

– Dommage, répliqua-t-elle.

– Où en es-tu avec ton paysage lunaire, Ben? s'enquit l'enseignant.

– J'avance bien, répondit Ben. Merci pour les cartes du Centre de recherche aérospatiale que vous m'avez procurées.

– De rien, dit M. Viger. Et toi, Sarah, travailles-tu toujours à ta recherche avec ton amie?

Sarah hocha la tête :

– On va lui rendre visite ce soir. Elle a dit qu'elle avait quelque chose à nous montrer.

– Elle habite donc près d'ici?

– Oui, vingt-troisième rue. Pourquoi?

– Je ne sais pas, répondit franchement M. Viger.

Même après le souper, ce soir-là, tandis qu'il garait sa voiture devant la maison de la vingt-troisième rue, André Viger n'aurait su dire avec précision la raison qui l'avait incité à venir là-bas. Il savait qu'il s'agissait de la bonne maison, car il en avait vérifié l'adresse dans l'annuaire téléphonique, mais, en dépit de cette certitude, la petite maison bleue avec ses fenêtres à losanges flanquées de persiennes blanches lui parut tout simplement appropriée. Et il sut qu'il était au bon endroit car, tandis qu'il hésitait devant l'entrée, réfléchissant à la façon dont il allait aborder Anastasia Filipendule, Sarah et Ben eux-mêmes contournèrent la haie, franchirent le portail et, passant près de lui, allèrent se poster devant la porte.

– Que faites-vous ici? demanda Ben. Elle vous a invité aussi?

– Non, répondit M. Viger.

– Alors, que faites-vous ici? répéta Sarah.

Il n'eut pas le temps de répondre. Au son de la voix de Sarah, la porte s'ouvrit et un vent doux et chaud les enveloppa aussitôt.

– C'est étrange, dit Ben.

– Ana! Salut, Ana! lança Sarah.

Elle regarda par la porte entrebâillée.

– Ben! s'écria-t-elle.

Ben pencha la tête et regarda à son tour.

– Ça alors! s'exclama-t-il.

Ils pénétrèrent à l'intérieur.

Dans la maison, un petit lac aux rives perlées de cailloux lisses étincelait dans la lumière du jour. Il était entouré d'un pré rempli de fleurs multicolores. Plus loin, les rayons du soleil ricochaient sur une immense crête de rochers blanc et or. À l'extrémité gauche, se dressait une forêt de grands arbres dont les pâles aiguilles s'entremêlaient pour former un dessin aussi délicat qu'un motif de dentelle. La grandeur et la légèreté qui imprégnaient les lieux donnaient l'impression aux enfants de se trouver dans quelque pré des Alpes, au faîte du monde.

– L'avez-vous enfin déniché? s'écria une voix.

Ana sortit alors de la forêt de dentelle vêtue d'une robe aussi verte et aussi gracieuse que le paysage lui-même. Ses cheveux flottaient sur ses épaules. Une lueur dans ses magnifiques yeux foncés trahissait un secret qu'elle brûlait d'envie de divulguer.

– Dénicher quoi? s'enquit Sarah.

– Le dragon, répondit Ana.

– Non, fit Sarah.

– Vous le trouverez, dit Ana. Jusqu'à il y a quelques jours, j'ignorais moi-même qu'il se cachait dans cette affiche.

– Un dragon de quelle taille? demanda Ben.

– Quelle est leur taille habituellement? lança Ana.

Cette question demeura sans réponse, car, à ce moment précis, la rangée de rochers blanc et or ondula, puis se déroula. Dans le pré fleuri se dressa alors une grosse tête argentée et dorée, dotée de yeux rouges aussi brillants que des rubis. Ces yeux se posèrent sur Sarah, Ben et Ana; ils clignèrent à deux reprises. Puis l'énorme corps roula sur lui-même et, s'allongeant sur le dos parmi les fleurs, se fit dorer au soleil.

Le rire d'Ana résonna avec une telle joie que Ben et Sarah ne purent s'empêcher de sourire aussi.

– Venez! dit Ana. Elle m'a parlé hier. Elle aime qu'on la tire de son sommeil avec des cajoleries.

Elle lissa ses cheveux vers l'arrière et se retourna avec une hâte enfantine. Soudain, elle aperçut André Viger dans l'embrasure de la porte. Sarah et Ben l'avait complètement oublié, mais dès qu'ils virent le visage d'Ana, ils comprirent tout de suite que quelque chose n'allait pas. Les yeux fixés sur lui, elle demeura sans bouger pendant trente secondes environ. Un silence de mort régnait dans la pièce.

Puis tout disparut : le lac, le pré, le dragon…, comme si quelqu'un avait tourné la page d'un livre!

À l'extrémité de la pièce, Ben et Sarah se surprirent à contempler une affiche représentant un petit lac entouré d'un pré fleuri et de rochers inondés de soleil.

Ana ne regardait pas l'affiche; elle regardait André Viger. Depuis sa plus tendre enfance, où elle s'amusait à des jeux auxquels personne ne voulait croire, jamais elle ne s'était laissée surprendre ainsi, jamais elle ne s'était montrée aussi vulnérable.

André Viger traversa précipitamment la pièce et se posta devant elle. L'œil sévère et le ton impérieux, il demanda :

– Qui êtes-vous? Qu'êtes-vous exactement?

Ana soutint son regard, mais sa voix trahissait la peur et, même, une sorte de chagrin.

– Je suis Anastasia Filipendule, répondit-elle.

– Ce n'est pas une réponse, jeta M. Viger.

Il ressentait la colère des gens qui doivent fournir un effort trop grand pour comprendre quelque chose qu'ils ne devraient pas avoir à comprendre.

– J'exige une réponse. Qui êtes-vous?

– Je suis Anastasia Filipendule, répéta Ana. C'est la seule réponse que je puisse donner.

Elle passa près d'André Viger en courant et franchit le pas de la porte. M. Viger tourna les talons, prêt à la suivre. Ben le fit alors trébucher et Sarah lui jeta la housse du canapé sur la tête. Puis les deux amis se précipitèrent sur les traces d'Ana. Elle avait dépassé le coin de la rue depuis belle lurette quand ils la rattrappèrent enfin.

– Je suis désolée, dit Sarah, vraiment désolée. C'est de ma faute s'il était là, mais je ne l'ai pas emmené chez vous. Il savait qu'on viendrait vous rendre visite.

Il était là quand on est arrivés. Mais je ne l'ai pas fait exprès. Vous devez me croire. J'ai agi en égoïste. Je n'ai pensé qu'à moi, à quel point je serais extraordinaire et je n'ai rien compris en ce qui vous concerne, mais je vous jure que ce n'est pas moi qui l'ai emmené chez vous. Ana!

Ana s'arrêta, se retourna et contempla les visages inquiets de Ben et de Sarah.

– Je vous le jure, dit Sarah.

– Je le sais bien, fit Ana. Je le sais bien!

Elle tendit les bras et les prit chacun par la main. Ils parcoururent tous les trois le dernier pâté de maisons et se dirigèrent vers l'herbe du parc. Quand ils eurent atteint un endroit en contrebas, loin de la route, Ana dit :

– Tenez-vous bien, puis elle prononça un mot : «Arbre».

Ensemble, ils grandirent et grandirent, le soleil et le vent s'engouffrant dans leur feuillage, leurs racines s'enfonçant profondément dans la terre. Puis les limites du monde humain s'étendirent bien au-delà du simple miracle de la vie elle-même.

CHAPITRE NEUF

– **M**ais pourquoi devez-vous partir? demanda Sarah. Pourquoi ne pas attendre de voir ce qui va se passer? Peut-être que M. Viger ne fera rien. Peut-être qu'il va penser qu'il a tout imaginé. Peut-être croira-t-il qu'il est devenu fou et qu'il décidera de déménager au pôle Sud.

Sarah et Ben s'étaient arrêtés chez Ana après l'école, deux jours plus tard. La maison était encombrée de boîtes, déjà remplies pour la plupart, et Ana empaquetait de la vaisselle dans la cuisine. Elle hocha la tête en répondant :

– Une personne peut presque tout laisser passer dans la vie, si c'est discret et si cela ne se produit qu'une fois. Voilà comment j'arrive à changer les gens en grenouilles sans conséquences fâcheuses pour moi. Mais votre M. Viger en a trop vu.

– Il n'est pas notre M. Viger, rectifia Sarah. Il n'est le M. Viger de personne. Il n'est qu'un stupide professeur de sciences dépourvu d'imagination.

– Peut-être bien, fit Ana. Quoi qu'il en soit, il n'est pas le problème majeur. Le voilà, le véritable problème.

Saisissant un livre sur le comptoir, elle le remit à Ben. La sensation qu'il éprouva aussitôt ne lui était pas étrangère : il avait ressenti la même chose le jour où ils avaient été suivis.

– Éric Haché! s'écria Ben. Et quelqu'un d'autre aussi! Quelqu'un qui me donne la chair de poule.

– Qu'est-ce que tu racontes? demanda Sarah.

Ben lui remit le livre. Elle le soupesa un moment : il s'agissait bien d'un livre. Tout à coup, Ana la toucha à l'épaule.

– Oh! fit-elle aussitôt.

– Je ne l'ai remarqué que ce matin, en faisant du rangement dans la maison. D'après moi, ils sont venus fouiner ici il y a deux jours. Probablement le soir de la visite de M. Viger où la maison est restée ouverte à tout venant.

– Qui était avec Éric? demanda Ben. Le savez-vous?

– Je le sais, répondit Ana. Il s'appelle Tanner Black. Il «enquête» sur le surnaturel, sur les sciences occultes. Il est incapable de discerner le vrai du faux… il refuse de faire une distinction entre les gens qui croient posséder des pouvoirs occultes et ceux qui sont tout simplement différents. Il traite de sensationnalisme, de publicité et d'argent. Il me connaît déjà. Et il me veut.

– Qu'est-ce que vous voulez dire par : «Il vous veut»? s'enquit Sarah.

– «Maîtresse de magie noire» : voilà ce qu'il aimerait faire de moi dans son magazine; c'est-à-dire le prochain démon qui fera l'objet d'une investigation et dont la tête sera probablement mise à prix. Tout cela ne sont que des bêtises, mais beaucoup trop de gens le croiront. Il y en a déjà trop qui le croient.

– Alors, vous fuyez, dit Sarah.

– Je ne fuis pas, répondit Ana. Je déménage. Je m'en vais ailleurs.

– C'est la même chose, riposta Sarah.

– Je ne cherche pas à échapper à ce que je suis, rectifia Ana. Je sais parfaitement qui je suis et j'en suis fière. Mais, si je veux continuer à être moi-même, c'est le seul moyen.

– Vous pourriez l'affronter, opina Sarah.

– Je ne peux affronter personne. Je ne suis pas… Je suis différente. Les règles qui s'appliquent aux autres ne semblent pas fonctionner pour moi.

– Vous pourriez l'affronter avec vos propres armes, suggéra Sarah. Vous pourriez le changer en quelque chose. Pourquoi pas en quelque chose de permanent? Un monument, une dalle de trottoir, par exemple.

– Non, répondit Ana. Je ne fais pas ce genre de choses. Il n'existe pas d'autre solution pour moi que de partir. J'ai dû le faire souvent auparavant, pour diverses raisons, et je devrai le faire maintes fois encore. Ma vie diffère de la vôtre; je le sais depuis longtemps.

– Pourquoi ne pas vous changer en mouche et demeurer ici jusqu'à ce que les choses se tassent? suggéra Ben.

– Je n'ai pas envie d'être une mouche.

– Eh bien! changez-vous en arbre, alors! Plantez-vous dans votre propre cour. Soyez un oiseau, de la pluie ou des carottes de l'année dernière dans votre potager, suggéra Sarah.

Ana entoura les épaules de Ben et de Sarah.

– Vous semblez oublier une chose. J'aime l'être que je suis. J'aime la façon dont je vis et j'aime accomplir les choses que je fais. J'aime être Anastasia Filipendule—telle que je suis.

– Mais vous n'aimez pas les départs, riposta Sarah.

– Non, acquiesça Ana tranquillement. Les départs me rendent toujours tristes.

Sarah se leva et alla dans le salon. Elle s'assit sur une carpette. Elle réfléchissait… très profondément.

– Et votre ami, lui? s'enquit Ben.

Ils se dirigèrent tous deux vers la porte arrière et regardèrent sous la corniche. Le papillon reposait là, immobile. Ces derniers jours, Ben avait remarqué la lente transformation subie par l'insecte. Ses ailes n'étaient plus seulement troubles, elles étaient lourdes et cireuses, les écailles se recourbant sur elles-mêmes. Son corps s'épaississait tout en prenant un ton gris terne.

– Il refuse même de venir à moi, dit Ana. Essaie, toi!

Ben grimpa sur la balustrade du balcon. Il allongea le bras et approcha lentement ses doigts du papillon ciré. Celui-ci se déroba dans un étrange mouvement de bascule.

– Allez-vous l'emporter avec vous? demanda Ben.

Ana hocha la tête.

– Il ne reste plus beaucoup de temps maintenant. Pendant cette brève période, au moins, je dois rester.

Sarah les rejoignit sur le balcon. Elle jeta un coup d'œil au papillon et fronça les sourcils, mais elle avait l'esprit ailleurs.

– Tu vas t'occuper de parler à M. Viger, dit Sarah à Ben quand ils eurent quitté la maison d'Ana. Tu as plus de chances de réussir que moi.

– Et toi, qu'est-ce que tu vas faire?

– Je vais aller à la bibliothèque. Je crois qu'il y avait un article au sujet de Tanner Black dans le journal de la semaine dernière. Je me suis aussi rappelé qu'il y avait des gens, à l'époque, qui étaient engagés pour faire la chasse aux sorcières. Qui sait? Peut-être que, si je me documente sur le sujet, je finirai par trouver une idée quant aux mesures à prendre, dit Sarah.

– Peut-être, admit Ben.

Sarah le regarda.

– J'espère bien, parce que presque tout ce qui arrive est de ma faute. Si je ne m'étais pas emballée pour mon travail de recherche, Ana aurait eu un autre emploi et Éric l'aurait oubliée, Tanner Black aussi, et M. Viger n'aurait jamais rien su d'elle.

– Je ne crois pas qu'Ana te rende responsable de tout ça, dit Ben.

– Eh bien, moi, oui! s'exclama Sarah. Et j'ai l'intention de corriger la situation. Tout ce dont j'ai besoin, c'est d'un plan approprié.

* * *

André Viger n'avait pas dormi depuis deux jours. Il craignait d'être en train de perdre la raison! Il craignait de n'être pas en train de la perdre! Il se sentait inquiet parce qu'il aurait déjà dû agir à propos d'Anastasia Filipendule et qu'il ne l'avait pas encore fait. Il avait donné ses cours et nourri ses animaux comme si rien d'inhabituel ne s'était passé. Il fut soulagé quand Ben vint enfin le voir.

– Monsieur Viger, dit Ben, je crains que mon paysage lunaire ne me donne plus de fil à retordre que prévu. Pourrais-je avoir une semaine supplémentaire?

– Non, répondit M. Viger.

– D'accord, lança Ben.

– C'est tout? demanda M. Viger.

– Euh… au sujet d'Anastasia Filipendule…

– Oui? Qu'y a-t-il à son sujet?

– Que pensez-vous d'elle et de ce qui est arrivé l'autre soir?

M. Viger réfléchit longuement avant de répondre. Pourtant, il ne dit pas ce qui lui était d'abord venu à l'esprit.

– Est-ce que c'est elle qui t'avait donné la boîte, demanda-t-il plutôt, celle qui contenait le papillon?

Ben sourit.

– Oui, répondit-il. En fait, la boîte renferme quelque chose de différent pour chacun de nous, mais il s'agit toujours d'un objet qu'on a déjà possédé et qu'on a perdu. Sarah a vu un nid de rouge-gorge, j'ai vu une pièce de cinq sous trouée, datée de 1947, mais vous êtes le seul à avoir vu un papillon.

– Je n'ai pas seulement vu un papillon, dit André Viger. J'ai vu… en fait, j'ai cru voir… un papillon vivant, doté d'ailes de verre. Comme pourrais-je avoir déjà vu une telle chose? Sauf que j'ai eu le sentiment étrange …

– … que ce n'était pas la première fois! termina Ben.

M. Viger se leva et alla regarder la cour de récréation par la fenêtre. Chaque être humain recèle, dans sa mémoire, des images qui lui échappent. Certaines de ces images semblent tellement réelles que la personne peut les sentir, là, tout près, mais dès qu'elle essaie de les saisir, ces images s'estompent aussitôt et se volatilisent… Le papillon de verre!

– Cela ne change rien à la situation, reprit M. Viger. J'enseigne et je suis responsable du bien-être des enfants de la classe. Il y a des choses concernant Anastasia Filipendule que je n'arrive pas à m'expliquer. Cela signifie probablement que Sarah et toi ne pourrez plus entretenir le même… genre de relations avec elle qu'auparavant.

– On est amis, dit Ben.

M. Viger se tourna vers Ben et le dévisagea. Pour la première fois, Ben remarqua ses traits tirés et son visage blême de fatigue.

– Je sais, fit M. Viger. Mais il y a des choses qui n'ont aucun sens…

– Il n'est pas nécessaire que toutes les choses aient du sens entre amis, opina Ben.

– Certaines choses doivent avoir du sens… insista M. Viger.

– Le papillon de verre, chez Ana, murmura Ben, il est en train de mourir.

M. Viger hocha la tête :

– Non, Ben, trancha-t-il. Rentre chez toi.

* * *

– Comment ça s'est passé? s'enquit Sarah ce soir-là, tandis qu'ils s'installaient sur les marches du perron derrière sa maison.

– Mal, répondit Ben. Il refuse de nous aider. Ça me fâche parce que, dans un sens, il comprend ce qui arrive, je le sais, mais il ne veut pas l'admettre. Alors il va raconter quelque chose à quelqu'un, pas la vérité, mais une rationalisation scientifique quelconque, embrouillée, qui nuira à la réputation d'Ana. Puis la commission scolaire, peut-être même la police…

– Tanner Black, poursuivit Sarah.

– Tanner Black en entendra sûrement parler, dit Ben. Ça lui fera une information de plus à utiliser. «Une sorcière entraîne des jeunes dans des rites où les dragons sont objets de vénération.» Et toi, qu'est-ce que tu as découvert?

– Rien, répondit-elle. Ou plutôt si, j'ai découvert un tas de tours de passe-passe, comme dit Ana, où il est question d'aiguilles, de taches de vin et de pleine lune. Mais rien de tout ça ne cadre avec Ana. Elle n'est pas plus une sorcière que Tanner Black n'est un chasseur de sorcières du XVIIIe siècle. Tanner Black n'a besoin ni d'aiguilles ni de taches de vin : il sait fort bien comment manipuler la presse.

La tranquillité régnait dans la cour de Sarah. L'ombre que projetait le garage s'étendit bientôt sur tout le jardin. Quelque part, au bout de la rue, des enfants entonnèrent un chant rythmé pour accompagner leurs sauts à la corde.

– Il y a pourtant une chose que je ne comprends pas, reprit Sarah. Si elle a vraiment l'intention de déménager, comme elle le dit, pourquoi est-elle encore ici? Pourquoi ne pas partir tout simplement et en finir une fois pour toutes? On dirait qu'elle attend quelque chose.

– Exactement!

– Eh bien quoi?

Ben respira profondément avant de répondre :

– Elle attend le papillon.

CHAPITRE DIX

Avant même d'ouvrir les yeux le lendemain, Ben savait que son grand-père Butler était de nouveau dans sa chambre. Il pouvait y sentir sa présence. Et tandis qu'il restait étendu dans la lumière grise de l'aube, le ronflement recommença.

Ben se faufila hors du lit et s'habilla sans bruit. Dans la cuisine, sa mère faisait manger le bébé.

– Grand-papa a-t-il dormi dans ta chambre encore cette nuit?

– Oui, répondit Ben. Je ne comprends pas pourquoi. Il est le seul ici à posséder sa propre chambre.

– Quand il était plus jeune, il dormait avec cinq frères, expliqua la mère de Ben.

– Tant mieux pour lui, rétorqua Ben. Mais il est temps qu'il vieillisse.

Sa mère le regarda, puis le bébé, et Ben à nouveau.

– Parfois, ce n'est pas facile d'être grand-papa Butler, dit-elle. Tout comme il n'est pas toujours facile d'être Ben Clark.

Ben plia son sandwich au beurre d'arachide et s'assit à la table. Sa mère n'était peut-être pas Anastasia Filipendule, mais elle aussi sentait les choses de temps en temps.

– J'ai dit quelque chose à Sarah que je n'étais pas censé lui dire. Je l'ai fait seulement parce que je pensais que ça l'aiderait. Je n'en suis plus si sûr à présent, conclut-il.

– Vas-tu là-bas maintenant? demanda sa mère.

Ben fit signe que oui.

– Je ne peux pas t'aider, n'est-ce pas?

– Non, fit Ben, mais merci quand même.

Assise sur les marches du perron, derrière sa maison, Sarah l'attendait.

– Je vais sauver le papillon, dit-elle.

– Sarah... fit Ben d'un ton de reproche.

– Je sais, je sais! Tu m'as déjà tout expliqué hier : je ne suis probablement pas l'élue et ce papillon est vraisemblablement le dernier de son espèce, un accident de la nature qui aurait fait son temps... Ana elle-même n'a pas cru au poème et elle n'y croit toujours pas... Mais, moi, j'ai résolu l'énigme.

Ben s'assit sur les marches, à ses côtés, et se prit la tête à deux mains.

– Tu as l'air terrible, dit Sarah. J'espère que tu n'es pas resté éveillé toute la nuit à te faire du mauvais sang?

Ben hocha la tête.

– C'est mon grand-père. Quand il souffre d'insomnie, il vient dans ma chambre, avec Josh et moi, puis il se cale contre une chaise. J'imagine qu'il a tout simplement besoin de compagnie. Mais il ronfle et il respire fort. Et la nuit dernière, il a eu une longue conversation avec mes grands-oncles et mes grands-tantes.

– Je l'aime, moi, ton grand-papa Butler, dit Sarah. Quand j'étais chez vous, l'autre jour, il lisait son journal à haute voix. Personne ne l'écoutait, mais ça ne l'empêchait pas de continuer.

– Et il s'étonnait de voir à quel point les gens oublient, n'est-ce pas? répliqua Ben.

– Exactement! Personne ne se rappelle les promesses politiques… Personne ne se rappelle le prix de l'or… Personne ne se souvient que Tanner Black était Tanner-le-fou… Parfois, j'aimerais qu'il y ait quelqu'un qui agisse ainsi chez moi. Enfin, je ne changerais pas ma mère pour rien au monde, mais les choses seraient plutôt ennuyeuses chez nous si ce n'était de moi, dit Sarah.

– Tanner Black était-il vraiment Tanner-le-fou?
Même mon père a mentionné combien Tanner Black
était un escroc!

– Je ne sais pas, admit Sarah. C'est ce que ton grand-
père a dit. Il l'a peut-être confondu avec quelqu'un
d'autre. Je ne vois pas comment il pourrait en être sûr.

– Pourquoi pas? dit Ben. Grand-papa travaillait
dans une banque en ville à l'époque. Si Tanner-le-fou
y faisait des affaires, Grand-papa pourrait fort bien
connaître son vrai nom.

– Mais les journaux n'ont fait aucune allusion à Tanner-le-fou, dit Sarah, pensive.

– Peut-être qu'ils ignorent tout simplement qui il
est, suggéra Ben. Tu sais, grand-papa qualifie toujours
ces oublis de grande conspiration, mais peut-être que
personne ici n'a jamais établi le lien qui existe entre les
deux hommes.

– Et Tanner Black ne le dira sûrement pas, opina
Sarah.

– Ce ne serait pas exactement une bonne publicité,
renchérit Ben.

– Ce serait même plutôt néfaste pour quelqu'un qui
occupe une situation aussi éminente que celle de Tanner Black. S'il était vraiment un tel escroc à l'époque,
cela pourrait être pire qu'une mauvaise publicité.
Allons, Ben, lança soudain Sarah en bondissant sur
ses pieds, on n'est peut-être pas sur la bonne piste,

mais c'est la seule idée qui me vient à l'esprit pour le moment. Si on attrape les bons autobus, on sera en ville en moins de deux.

– On devrait d'abord avertir Ana.

– On lui téléphonera du journal, dit Sarah. Viens. Plus tôt on commencera, plus tôt on saura s'il y a du vrai dans toute cette histoire.

* * *

Le journal occupait des locaux brillamment éclairés dans un grand édifice tout neuf en ville. Sarah avait été dirigée vers un jeune journaliste, mais elle passa tout droit devant son bureau, comme s'il n'était pas là, marcha vers une porte vitrée portant l'inscription «Rédacteur en chef» et entra.

Le rédacteur en chef était un homme colérique qui jetait régulièrement des adultes, à bras-le-corps, hors de son bureau. Toutefois, malmener physiquement des enfants étant interdit, il fut contraint d'écouter Sarah.

– Votre journal a publié quelques articles sur l'éminent Tanner Black, investigateur du surnaturel, dit Sarah.

– Et alors? jeta l'homme d'un ton bourru.

– Alors, poursuivit Sarah, nous avons pensé que vos articles auraient plus de poids si vous mentionniez qu'il y a vingt ans il portait le nom de Tanner-le-fou et qu'il gérait une entreprise appelée «Les bagnoles de Tanner-le-fou» à l'ouest de la ville.

– Tu n'étais même pas née il y a vingt ans, rétorqua le rédacteur en chef, les sourcils froncés. (Puis il se mit à tapoter son téléphone avec son crayon tout en réfléchissant.) Pourtant, quand je suis arrivé ici, il y avait un endroit, dans l'ouest de la ville, qui appartenait à un escroc de quatre sous. Pour être fou, ça, il l'était.

Posant un regard sévère sur Sarah et Ben, il dit brusquement :

– Attendez dehors.

Ben et Sarah sortirent du bureau. À travers la vitre, ils virent le rédacteur en chef composer un numéro, causer brièvement au téléphone, puis raccrocher. Puis il composa de nouveau. Cette fois, la conversation dura un peu plus longtemps, mais à peine. Ouvrant la porte, il passa la tête dans l'embrasure.

– C'est bien lui, affirma-t-il à Ben et Sarah.

– Comment avez-vous fait pour le savoir? s'enquit Ben.

– Je lui ai téléphoné et le lui ai demandé. J'ai obtenu une réponse des plus étranges—quelque chose entre un peut-être, certainement pas, sans commentaires, êtes-vous de la police? Je lui ai dit que j'enverrais un reporter cet après-midi pour obtenir sa version des faits. En fait, il vaudrait peut-être mieux que j'envoie quelqu'un dès maintenant. Je crois avoir ébranlé sérieusement le pauvre bougre. Je ne voudrais pas qu'il file avant qu'on ait eu la chance d'éclaircir tout ça.

L'homme, dont la bouche se souleva à la commissure des lèvres en une esquisse de sourire, claqua la porte et retourna derrière son bureau.

Dès qu'ils furent dehors, Ben appela Ana d'une cabine téléphonique.

– Qu'est-ce qu'elle a dit? demanda Sarah dès qu'il eut raccroché le combiné.

– Elle était surprise et plutôt à court de mots, mais elle a ri quand je lui ai tout raconté au sujet du rédacteur en chef. J'ai bien fait de téléphoner, car elle se préparait à partir.

– Le papillon! s'écria Sarah.

– Sans doute. Écoute, si on court les six pâtés de maisons jusqu'à la quatrième rue, on réussira peut-être à attraper un autobus.

Ben avait à peine terminé sa phrase que les deux amis prenaient déjà leurs jambes à leur cou.

* * *

Anastasia Filipendule était assise sur son balcon arrière en compagnie d'André Viger quand Ben et Sarah arrivèrent. Le papillon, inerte, reposait dans la main de M. Viger. Son corps et ses ailes, recouverts de cire, étaient lourds et épais.

– Monsieur Viger, que faites-vous ici? demanda Sarah.

– Je suis venu voir quelque chose dont on m'a parlé, répondit-il, les yeux fixés sur Ben. Quelque chose que je ne m'explique pas encore! Quelque chose que j'avais déjà vu, mais que je refusais d'admettre.

– Croyez-vous pouvoir le sauver? demanda Sarah.

– J'aimerais pouvoir dire oui, répondit-il.

– Moi, je peux, affirma Sarah.

S'emparant du papillon que tenait M. Viger, elle le déposa dans sa main et alla se réfugier dans la maison. Ben entendit le loquet de la porte claquer derrière lui.

– Je suis désolé, dit Ben à Ana. Je lui ai tout raconté.

– Ça ne fait rien!

– Elle s'est jetée tête première à la recherche d'une solution et elle a agi exactement comme vous le craigniez. Elle ne fait jamais rien à moitié, ou lentement, ou petit à petit. Elle fonce toujours droit devant elle, comme si le monde lui appartenait.

– C'est pour cette raison qu'elle est ton amie, fit Ana.

Ben soupira et s'assit sur les marches.

– Vous auriez dû la voir au journal. Sans elle, on n'aurait jamais traversé la salle de rédaction. Je ne sais pas exactement quels antécédents ils vont trouver à imprimer dans leur édition du soir à propos de l'éminent Tanner Black, mais je ne crois pas qu'il en sera très heureux, annonça Ben.

— Tanner Black? répéta M. Viger.

— Alias Tanner-le-fou, précisa Ben.

— Alias chasseur de sorcières, rétorqua Ana.

Ben et André Viger se retournèrent aussitôt vers elle.

— Ne me regardez pas ainsi; je ne crois pas aux sorcières, moi non plus.

— Avez-vous réellement vu le papillon de verre autrefois? demanda Ben.

M. Viger fit signe que oui :

— J'étais très, très jeune, mais je ne l'ai jamais vraiment oublié. J'ai éprouvé un tel sentiment d'émerveillement! Je pense que, d'une certaine façon, c'est ce qui m'a incité à regarder les choses de plus près. C'est ce qui m'a intéressé aux sciences.

— Est-ce pour cette raison que vous n'avez pas pu le transformer en grenouille l'autre jour? demanda Ben à Ana. À cause de quelque chose concernant le papillon?

— Je pense que oui, admit Ana. Je ne saurais dire pourquoi, mais il me paraît indéniablement immunisé.

Ben regarda M. Viger, puis Ana, puis M. Viger à nouveau.

— Pouvez-vous… enfin, êtes-vous capable… ? bredouilla-t-il

— Suis-je capable de faire ce que fait Anastasia Filipendule? énonça M. Viger.

Ben acquiesça.

– Non, répondit M. Viger en hochant la tête, le sourire aux lèvres. J'ai bien essayé certaines choses autrefois, mais, non, je ne suis pas comme Anastasia. «L'immunité» semble être mon seul talent. Un talent que je suis loin de sous-estimer, déclara-t-il en jetant un œil de côté à Ana.

– Au moins, vous n'êtes plus obligée de partir à présent, dit Ben.

– En effet, dit Ana, mais Ben la surprit à regarder par-dessus son épaule et il sut qu'elle pensait à autre chose.

* * *

La porte de derrière s'ouvrit enfin et Sarah apparut, munie d'un sac en papier brun. Elle s'installa auprès d'eux.

– J'ai eu une idée pour ma recherche, monsieur Viger. Mais Ana et vous, avez-vous fini par vous entendre sur qui elle est?

– Je crois que oui, répondit l'enseignant.

– Bien, fit Sarah. Vous pouvez partir maintenant.

– Pardon?

– Vous pouvez vous en aller maintenant. Au revoir! À lundi! L'expo-sciences a lieu la semaine prochaine, vous savez. Je parie qu'il vous reste beaucoup de travail à faire d'ici là.

– Sarah, qu'est-ce qui ne va pas? interrogea Ana. Si

c'est à cause du papillon... ne te sens pas coupable. C'est moi qui ai manqué à mes engagements envers lui, pas toi.

– Personne n'a manqué à ses engagements envers qui que ce soit, dit Sarah. Mais le poème dit que «trois amis s'élèveront très haut, toujours plus haut». Trois! Avec M. Viger, cela fait quatre et il nous empêche de faire ce qu'on doit faire. Et si on voulait vraiment faire ça avec toute la classe, il vaudrait mieux trouver une montagne à escalader.

– Sarah, murmura Ana avec douceur.

– Bon, bon! Essayons tout de même, suggéra Sarah. Monsieur Viger, allez vous asseoir sur l'herbe là-bas. Ben, Ana et moi, on s'installera sur les marches. Ce n'est pas tout à fait ce que dit le poème, mais, qui sait, ça marchera peut-être!

M. Viger soupira, mais il se leva et se dirigea vers une vieille souche près des plates-bandes où il s'assit.

– Croyez-vous que je devrais prononcer quelques paroles magiques pour faire de l'effet? demanda Sarah à Ana.

Ana fit non de la tête. Elle regardait le sac.

– D'accord, fit Sarah en haussant les épaules, puis elle ouvrit le sac.

– Allons, papillon, dit-elle. Envole-toi!

Au début, rien ne se produisit. Puis un petit grattement pitoyable se fit entendre au fond du sac. Sarah jeta un coup d'œil à l'intérieur et plissa le front. Elle pencha légèrement le sac de côté. De nouveaux grattements se firent entendre, puis le papillon de verre grimpa sur le bord. Son corps avait la transparence de l'eau la plus limpide qui soit. Ses ailes ressemblaient à du verre. Il n'était visible que grâce à la réflexion et à la réfraction de la lumière elle-même.

Perché sur le bord du sac, il essaya de battre des ailes, mais il éprouvait une telle faiblesse que ses efforts furent vains.

– Il est incapable de voler, dit doucement Sarah, il n'y arrive pas!

Ben sentit le désespoir s'emparer de son amie.

– Attendez! intervint M. Viger.

Il s'était approché et observait le papillon.

– Laissez-lui le temps. Les nouvelles ailes d'un papillon, peut-être même d'un papillon comme celui-ci, ont besoin de temps pour se solidifier à l'air libre. Patientez un peu.

Sarah serra fermement les lèvres. Les quatre amis contemplèrent l'infime rayon de lumière—ténue parcelle d'imagination—et, du moins pendant ces quelques instants, ils eurent le sentiment que tout était possible.

Puis le mouvement des ailes du papillon se raffermit peu à peu. Finalement, l'insecte s'éleva dans les airs. Il exécuta deux petites spirales à côté de la maison pour tester ses ailes, puis il se mit à voltiger dans les courants d'air. Il s'éleva plus haut, encore et encore, tourbillon de lumière à peine visible dans l'air, puis il disparut.

* * *

Cette année-là, la recherche de Sarah Mathieu se résuma à une grosse aiguille, une poupée aux mains et aux pieds ligotés qu'elle plongea dans un seau d'eau, ainsi qu'à l'illustration d'une tache de vin. Certes, personne n'aurait qualifié ce travail de particulièrement impressionnant, mais M. Viger lui accorda un B+ pour la clarté avec laquelle elle avait décrit les rites jadis utilisés par les sorcières et les raisons scientifiques pour lesquelles ils produisaient d'aussi piètres résultats.

Ben obtint son A habituel pour son paysage lunaire en macaroni exécuté avec force détails. Il emmena son grand-père à l'expo-sciences pour la journée. Grand-papa Butler et Anastasia Filipendule s'entendirent comme larrons en foire dès qu'ils firent connaissance; ils visitèrent tous les stands avec beaucoup d'enthousiasme. Ben n'arriva jamais à déterminer si la souris d'Éric Haché, qui avait persisté à grimper par-dessus les barricades de son labyrinthe pendant tout l'avant-midi, avait enfin réussi son parcours grâce à l'aide de grand-papa Butler ou d'Ana. Quoi qu'il en soit, après l'exploit remporté par son rongeur, Éric Haché était ravi et en meilleurs termes avec Ana et lui.

Le papillon de verre ne parut pas de l'été dans le jardin d'Anastasia. Il demeura un secret bien gardé entre Ana, Ben, Sarah et André Viger. Néanmoins, Sarah expliqua à Ben le rôle qu'elle avait joué dans sa libération.

– Je me suis servie d'un couteau de cuisine.

– Un couteau de cuisine! s'exclama Ben.

– Mais oui! Pour ouvrir sa coquille. Le produit cireux n'était qu'une matière morte, rien de plus. Le nouveau papillon était emprisonné à l'intérieur. Voilà ce que signifiait le poème. «Un esprit puissant lui redonnera sa clarté. En quête de vent, de ciel et de lumière…» Je ne sais pas pourquoi personne ne l'a compris avant. J'ai l'impression que vous cherchiez tous une potion magique ou quelque chose d'extraordinaire. Mais tout ce dont le papillon avait besoin, c'était d'un peu d'aide pour briser son enveloppe de cire.

– Tu t'es donc servie d'un couteau de cuisine! s'exclama Ben.

– Ce n'était pas le temps de faire du chichi, riposta Sarah. Crois-tu qu'on le reverra jamais?

– Je ne sais pas, répondit Ben. D'une certaine façon, je crois qu'une partie du papillon, son idée du moins, n'est jamais très loin d'Ana.

– Je comprends ce que tu veux dire, dit Sarah.

Elle s'assit un moment, cherchant les mots pour exprimer ce qu'elle ressentait. Puis, abandonnant sa réflexion, elle opta pour des choses plus pragmatiques :

– Il fait chaud. Viens, on va aller s'acheter une barbotine. C'est moi qui paie.

H.J. Hutchins vit à Canmore, ville montagneuse située en Alberta, avec son mari et ses enfants. Auteur prolifique, elle écrit depuis plusieurs années et ses romans dont *Un chat nommé Cortez* sont publiés chez Annick Press.

photograph : Ted Hutchins

Barry Trower est à la fois peintre et illustrateur et il a fait des expositions tant au Canada qu'en Europe. Il a également travaillé comme dessinateur et il a enseigné les arts plastiques. *Anastasia Filipendule et le papillon de verre* est le premier livre pour enfants qu'il illustre.